遠方的　綠光。

游政穎

獻給一直以來支持我成為我的人

陌生，而日常。

詩人 何亭慧

我們喜歡旅行，是因為陌生的日常。

一樣好天氣或壞天氣，一樣遊走在街道，一樣看樹，一樣聽人，但風景陌生，感官陌生，也就充滿新鮮的喜悅。

政穎的詩最好的部分，帶有旅行的質素，沉靜從容，步履輕巧，走過他心中的景象，他的眼裡是熱切後凝煉的情感。

在移動中，時間被重新思索，他說：可不可以告訴我／我是要去日裡／還是要往夜裡？語言被重新發聲，譬如：而教堂不叫做教堂／陌生卻彷彿熟悉的話語／玫瑰就是玫瑰。思想則像一個捆住了好奇與疲倦的螺旋／被領往海岸／岸上是異境。

但有時去旅行，就只是旅行。政穎以旅人的口吻敘事、記物、懷人，讓每日成為小小的旅程，生活是移動的觀景窗。……明亮處發現／一盞如棉紗的乾燥／在邊緣裡逕自溫暖。他出發的時候，晒衣架上還晾著一列藍色幾日在風中飄蕩，茶杯裡還浮著夏日泡沫，也許用來修補月亮……

儘管某些詩中難免有前人的影子，風格也仍在探索，政穎的語言自有迷人的腔調，使得日常如此異常。一個清脆的開始／是好的開始。期待接續的風景。

*詩句參見／南方海岸／、／切線／、／舊城廣場／、／藍色幾日／、／夏日泡沫／、／修補月亮／。

說不完的故事

耳3

迷上寫作後，閱讀便成了一項嚴肅的工作。那些作家們，從不肯在書裡直言坦承，個個將寫作的秘密以糖果紙一層層緊緊包裹起來，彷彿真相就如所見般這麼眼花撩亂。我拿起螢光筆，不甘受騙，一道道的劃過那些被我破解的句子，竊喜對寫作的疑問又少了一項，闔上書本前，瞥見了紙頁上留下的註記，就更加得意，自覺功力又大大的增進了。

這陣子我突發奇想，以英文這種隨處可見，卻又無比陌生的語言寫了一則故事，逆向操作，心想也許能獲悉更多寫作上的竅門。

我找來了一位外國朋友替我看看這則故事，他的中文說的算是流利，但那跟寫作賞析完全是兩回事，我沒料到這一點。

他看完後搖了搖頭，大手一攤的表示不懂，卻又說不上來是哪裡有問題。

　　也許故事是一種感受，只是一種感受。他聳聳肩。

　　回家後我翻出那些閱讀筆記，嗯嗯，心裡算是有底，這完全是在技巧上的不同。於是塗改修飾，最後乾脆以中文重寫一遍，字數由千變萬，苦思了好幾個晚上，最後總算滿意的擱下筆來，心裡沉浸在創作的喜悅之中。

　　這則故事其實屬於我的祖母，內容是一位富翁殺死一隻有恩於他的鴨子，而受到神明懲罰的故事。

　　祖母不識半點字，據說也未出過遠門，她過世時就葬在石子路外的山丘上。在我的家鄉，山丘不高不矮，只剛好能望去一整個村子；她在世時據媽媽所說，不曾離開過村外的那條石子路，因此她故事裡的世界也不會離開這塊小小的地方。世界裡主角總是沒換過，富翁、鴨子、以及神明。這三個單純的角色構成了祖母的故事，不曾改變；但每次從祖母的口中說出來，他們就乖乖被裝扮成不同的模樣，依著演出祖母指定的戲碼。有時候，忘恩負義的富翁會被野狗咬走了他的屁股，有時卻只是被烏鴉刁走一顆眼珠子。不管如何，當他在另一個故事裡死性不改的重生時，我依然猜不中祖母這一次要如何安排他的命運，而那隻溫馴恭良的鴨子總是以怨報德，不肯放棄牠與富翁之間的關係，每每牠的下場都令人跺腳不已。高高在上的神明是我最害怕的，祂以各種樣子出現在我童年時的夢裡，有時是一陣風，有時是一個老頭子；祂無所不在，在冥冥中注

視每一個人，到了故事最末，袖要分配懲罰與死亡的降臨在應得的人身上，當然也包括了我。而這個比神明還高高在上的，卻是創造這個故事的祖母了。

　　祖母在我非常年幼的時候就過世了，她的身影與輪廓都是非常模糊的，卻只有這些故事深刻的留在我的腦海裡。

　　這些故事裡的角色脫離了祖母的身體，彷彿長出了手腳，在她離開後，活蹦亂跳的住進我的小腦袋裡，繼續上演他們永不結束的故事。時常，當下著毛毛雨的午後，池塘裡的青蛙撲通的接著跳進水裡時，我在閣樓的窗前，會聽見他們啪搭啪搭的，踩著被打濕的芭蕉葉又從我腦袋溜了出去。他們一溜煙的就跑到祖母的墳旁，那個可以看見整個村子的翠綠色的小山丘上，幾個不大不小的朦朧影子，在雨中竊竊私語，圍著一圈跳起舞來，就像要給祖母觀賞一樣。

　　連著處理身邊瑣事，卻也沒忘記靜下來時，從抽屜裡取出了那數十頁萬餘字的辛苦勞作來回味一番。

　　那已是好幾天過去，最初先讀過一遍，接著，又以不能置信的心情看了一次，第三次未至一半，如同證明這終是不祥之物，慌張的趕緊給鎖回抽屜裡去了。

　　我的心情可說是遭透了。我記憶裡的祖母，講出來的故事絕對不是這樣。

　　那些怪腔怪調的文字，爭著發出鳴叫，像一鍋冒著可怕又陌生氣泡的雜燴，所有材料彼此混淆，分不出來富翁，鴨子，以

及神明在哪裏，取而代之的是那些一橫一豎的艱澀文字。我反覆讀著那原本最令我滿意的句子，赫然發現這些文字更變成了不知所謂的醜異圖像，在鍋裡掙扎著。你好狠心，又自以為是，因為有了新的，所以大腦袋裡容不下了我們的存在，既然這樣的話，就隨便你好了。

　　我似乎聽到滴滴咕咕的，從哪裡傳出有誰在講話的聲音，但卻越來越遠。

　　這一次竟已找不到可以解釋的技巧，我翻遍架上的的閱讀筆記，書頁上一條條的螢光筆黃，隨著字句從眼前飄過，眼花撩亂，而雨早就停了，書頁婆娑的摩擦彼此，漸漸被窗外的喧嘩給掩蓋，而我耳邊除了細細癢癢的，似乎什麼也沒再留下了。

輯二 **他寫他的名字** 讀後創作

正因如此

竹君

　　先是察覺到後背的痠痛愈來愈常出現，持續的時間也愈來愈長。到後來甚至是跟著意識一起在早上鬧鐘鈴響之前醒來。躺在混雜一夜體溫碎夢的被褥上，眼睛還未睜開，緊閉的窗簾擋下日光，世界與自己都處於曖昧之時，痠痛沿著背脊一節一節升起，取代夢境慢慢清晰起來。身體好像是跟時間說好似的，從你消失後開始，背上的痠痛就黏在那兒模仿救護車上的警示燈一閃一閃來回揚長。

　　怎麼會在睡眠之後仍如此痠痛，難道以為可以獲得休息的沉睡，竟一直延續了所有白日的負累，而在日復一日的目覺時刻承受醒腦的痛。

　　然後，在小島第一道冷鋒來臨之前，決定到瑜珈教室，每星期花兩個小時，練習呼吸，清除身體筋肉間的酸腐。

嬰兒式。吸氣，胸腔填滿空氣向外擴大，拉動身體，雙手再多往前伸。整個背完全展開，一節一節脊椎還在向前伸展。吐氣，腹部內縮拱起圓背頭朝膝蓋看，整個背完全鬆開，一節一節脊椎推天延展。呼吸。背脊上的每一處關節每一吋筋肉，每一個你溫熱手指曾觸撫過的痕跡，復原到最初始的清澄。

　　貓式。手掌與肩同寬著地撐開平放，雙膝與髖關節同寬垂直著地，背與頸成一直線平行於地板。吸氣，胸腔填滿空氣，抬頭挺胸臀部抬高，背脊下凹，從鏡子裡可以看到背部彎成了一個微笑。你將頭枕在我腰腹上瞇眼滿足的臉龐，在停留兩個呼吸之後，從胸腹慢慢吐出。

　　下犬式。從貓式開始，吸氣後吐氣，兩膝離地，雙腳慢慢伸直。臀部抬高，背打直，身體形成一個倒V字緊扣在地面上。當膝蓋伸直接近135度角時，從腳根到小腿、大腿後側便開始發酸發痛。曾經在你指尖柔順纏繞的頭髮披散地面，滲出聚積在腦袋裡的紅色血液。

　　大休息。身體平躺地板，雙腳打開與肩同寬，雙手手心向上，輕鬆擺放身側。雙眼輕閉，感受曾迎受你凝視的眉間放鬆、唇放鬆、臉頰放鬆。接著慢慢往下，肩膀放鬆，胸口放鬆，呼吸調整到速度一樣。再往下，背放鬆，腰放鬆，感覺身體在正中心。最後，腿放鬆，腳放鬆，感覺連腳趾頭都放鬆了。再睜開眼，我看見原先的痛楚已被漸漸取代，在體內漸升而起的是新生的陣痛。

　　每星期兩小時，身體一遍又一遍重複這些動作，在每個呼吸吐納的縫隙，悄悄清除還殘存在體內有關於你的所有細節。

　　是夜，帶著充分換氣過的身體回家。輕輕躺在床上，擁被，緩慢呼吸入眠。

目次 /

輯一 平日的 簡單

純粹之一 — Sulfuric Acid

有一個驕傲沉重
輕輕割捨
緩緩接近

全部曾經裡被滋潤過的
無色無味的初識
灼熱的滑膩卻蔓延

忽然痛了
才驚覺

久違的戀情亦若是
熾熱全面來襲
火蟻竄進大地
烙了個扁縮腥紅印記
無妨那乾燥得粉身碎骨的絕對

最後的泡泡破滅
烈愛的下場就是
留下一個淺淺虛空
乾縮的
焦黑的
世界給你

支線

我低頭偏著
小小的村子
殘缺裡
美麗的頸項
美麗的臂膀
躲在空隙

不那麼燙的日光
說是會笑了
說是吃飽了
說是要結婚
說是醫生講的
說是買好了菜
說是下個星期回來

前面的轉彎
後面的轉彎
都對著另一個
打開

相望

坐下之後
你直視著我的眼睛
燈如冬日
許久
你要我也目不轉睛
十秒
二十秒過去
只有鼻息
還流動

你說
很好
你的視網膜
還可以

夏日泡沫

那一天在超市遇見，
而妳已不是妳。
不覺這一切將變成怎樣的記憶。

母親說，別自怨自艾。
拿最香的洗髮精走進院子。
一陣泡沫，灰狗變回了白狗。

跟牠一起在電線桿旁曬太陽。
沒滴乾的水啪啦啦甩了一地。
羞澀的時刻。

日光很烈，清清楚楚，好久都沒這樣過。
天空有風，藍著。
藍得像個脆弱的瓷器。
可是，一直不見星球上的花朵。

每次夢裡驚起，
不知是誰或什麼樣的地方，
陌生無垠。
抱太緊的總是溜走。

巷子裡的陽光已經是最可能的溫暖。
夏天，還沒走吧？

32.01

逐漸每日的語言
拼湊成一張飽滿的魔毯
而不再孤獨

32.02

假裝那些都可以被我仰望
而勉強撐起一點笑容與敬意
冷靜與藐視溶在凝望裡

32.03

從指尖起
小巧的缺口
撕開全部的宇宙
焰氣聚滿背脊

32.04

其實只加了一點糖
就甜起
我們的簡單

輪廓

有時候太急了
而事情本就不該
生長成你要的那個樣子
就像冬天會有天狼星
夏天會藍藍的
我們悄悄呼吸
去巷子口吃餃子
或大杯紅茶冰
就過了一個季節
又一個季節
初春的苗
這麼長高了
又長高了
一點一點點
我們常會發現
大部份我們卻不在意
而你不用去為我畫一個
我不想
在夏天看到天狼星
就算冬天
偶爾也會藍藍的

藍的幾日

低氣壓藍
幸運草
豬排蛋餅
期末考試
天空藍
Vestas V90
木麻黃路
長直路
抗爭
三重埔藍
蘆洲支線徐匯中學站
行走
小葉欖仁麵
切仔麵
淺藍風
清風
斜張橋
五谷王廟
木瓜牛奶
普魯士藍
蔥燒餅
給愛莉絲
膠捲
更多的膠捲
475nm 波長
暗巷
半島
暖燈光
熱米漿
深藍

光裡

城市罩著光
看去像個擺滿食物的桌子
霧氣緩緩改變讓人笑
溫度緩緩改變也讓人笑
人們也緩緩的改變也讓人笑

有些什麼在河岸上相遇
接吻起來
氣味發出冷光
吸引了很多冷冷的生物
熱切前來
刻深城市的輪廓

那些被隱藏
或等太久的影子
只得開始評論或者烹飪
維持下去
就像好端端的其他
都往城裡伸手掏著雞腿
並且熱鬧的擦身而過

要更熱鬧
所以點燃煙火
並且在遠方觀看
或是狠狠的移動
快樂覓食的狼群
並且把頭髮留到肩或腰際
大聲的笑

修補月亮

平原打雷不停
男人在廣場上晒穀
男人在屋頂上建築
看著灣澳裡的島嶼
男人在群鳥過境的田裡守護
夜裡的公路
男人駕駛並且運送
雲裡
隱約間月亮壞了
微笑的男人
緩緩上前修補

—聽台灣搖滾樂團「熊寶貝」作品〈修補月亮的男人〉有感。

星期六早晨

說是星期六早晨就得怎樣
是因為那些夢都待在星期六
所以其他時間的焦躁都被遮蔽
像高聳白亮小小牆垣
支撐著城樓
可知整座市鎮的污濁
那些必須流走的黑暗
全仰賴著這個特別的早晨

如果可以
讓它如小路上兩道胎痕中的那片小草
輕易的被置放
成為一個亂世裡的安穩

一頓緩慢的早餐不賴
相約去海角
去網路上的遠方不賴
切莫大聲相罵
切莫　延伸那前晚的急躁

不就是
院子的陽光
不就是
好看的篇章
星情六早晨
是一個強大的動機
時間與時間在此互相背棄
我們似乎得以逃過來
把即將發霉的
好或壞
夾著從容與慵懶
攤開曝曬

粉刺

順暢與順暢之間
堆積著一座座丘陵
依傍著崎嶇蜿蜒
像日常裡的日常
巷口被撞歪的路牌
恆久存在

阿金的一天

打轉
賭氣
瞪外面
發呆
吃飯
大口呼吸
吃飯不小心假了賽
想豪邁的衝來衝去
（而小小的缸就那麼小）
意圖未果而賭氣
有點累而發呆
有點缺氧而懶惰
賭氣不吃　打轉
假賽
瞪外面沒人
發呆
忽有人影而驚嚇
並假裝沒事
（魚缸就這麼小）
沒事於是慢慢
吃飯
打轉

誤判

焦慮又驕傲的
自以為
過一下就會回甘了
於是不假思索
瘋狂的吃苦
吞嚥很多莫名的憤怒

後來爽朗

可否取食所有的美
再徹夜未歸
開心的笑

豢養一朵向光的花
享受嘲諷
丟棄音樂性與詩意

捧著微亮的頻道
吃完一大包薯片不刷牙
忽然睡著

乏

沒有吵起來
生著悶氣
離開
像失約的颱風天
曠野裡
陰鬱至極的期待
然後麥穗沒有掉落
也沒有被拾起
當然也沒有發芽
曠野雲量一直過多
要關燈了
也沒有晚霞

晚霞斑斕

那日晚霞斑斕
所有的強悍骨瘦如柴
卻也沒偷懶
往舊裡去
查詢到許多愉快
像黏膠般凝結起來
滾滿灰塵與落葉
以至氣力殆盡
還黏到一張待繳費的帳單
其實繳完費
時光仍會不甘寂寞
偶爾回來
吵著索賠

41.01

從一個空間
流動到另一個
那該死的秋
藍著的早晨
忽然短暫的夜
為我說話

有時候我心喜
有時候
我必須心喜

41.02

還是期待
能有一個名字

小店的招牌
靜靜的
有時風吹一陣

41.03

早已清醒
卻仍閉眼潛入冷水裡
想堅定的質問

41.04

給你時間
花卉
可否用延伸的問候
試探
再次試探

41.05

這個夜晚
黯闇裡面潔白
被禁錮所以自由

詩
於是自由

麻煩死了的世界

是不是說明了
是不是申請了
是不是上漲了
是不是下跌了
是不是安排過
是不是有認識
是不是蓋了印
是不是簽了名
是不是有經驗
是不是夠份量
是不是太執著
是不是太天真
是不是有餘額
是不是拜過了
是不是有藥救
是不是沒回來
是不是找到了

長大

每次醒來
就好了一點
就丟棄了一點
就少疑惑了一點
就得到了一點
就矮小了一點
就強壯了一點
就平緩了一點
就清晰了一點
就靈活了一點
就貪吃了一點
就接近了一點
每次醒來

小撒奇萊雅上小學了
小巧平原的南邊
小小的小學
漢人領袖為名的小學
短短的一段路
走進漢人老師的小學
走進漢人同學的小學

大家都說泰雅
但是小撒奇萊雅
不是泰雅
或許總被說是泰雅
可是島嶼邊緣小小的平原上
有地中海氣候的小城
撒奇萊雅從來就在這裡
無論玫瑰是不是玫瑰
撒奇萊雅是不是被好好的
叫做撒奇萊雅

小撒奇萊雅上小學了
現在正在背九九乘法
平原的天氣宜人
適合上學
適合兩百年前
在平原上採收地瓜的撒奇萊雅

痕跡 42

42.01

在颱風夜很愜意的寫信
給山上的人
寫完的時候風雨停了

他說什麼是幸福
就是在山裡忙了整天洗澡後
到小屋子外吹著涼風

遇見幸福那天
他開始寫日記
大病數次
鬼門關前晃過
恐懼都像遙遠的戰爭
就是每天要打兩針胰島素
再之後什麼都開始大好起來
檳榔照吃
喜歡讀席慕容的詩
喜歡地理頻道裡的動物
開車像在逛市場
沒有結婚
沒有小孩
五十歲
人生還有很長

42.02

巡守的人
不斷巡邏這荒蕪邊界
不過就是希望能遇見
闖入的人

42.03

循著氣味
愛好
或厭惡
覺得這個虛無的感官非常具體

42.04

不知道該怎樣才能讓我去到你所在的那裡
並且不顯得這一切聒噪矯飾

夜晚的貓

總是靈動悠閒在入口凝望深邃
的夜可以活潑的唱歌可以在院
子與院子中間選擇故事與故事

　本來就是很涼的天氣舒舒服服
　的看花火不想為每件東西找到
　意義就是涼涼的不想無故斷句

　　攪一攪沉在杯底的那些臥在牆
　　角的那幾個河水是一道界線橫
　　過被相信的事情跟過去的事情

　　　就不拔出棘刺還是可以奔跑因
　　　為清楚的望見因為你是閃動的
　　　夜晚我睜著眼萬物都任意隱現

Q

什麼東西都 Q 起來
像是疫病或信仰
蔓往整個星球
所有的 Q
堆疊漲大
成一個巨大的世界
充滿愛
供我們安穩逃竄
就像戰爭時候教堂與寺院

不俏皮會死
不擬人會死
不跟所有動物事物對話會死
太滋長的猙獰
在口袋裡不意就劃傷手
大氣裡的毒素太多
所以我們仰賴那
可能的柔軟
細緻的笑著的
圓圓的粉粉的
頭大大的呆呆的
所有生物儘量這樣
意有所指的傻裡傻氣
並且無可取代
讓我們抱住了浮木之後
就得以癱軟

總是 Q 的一切
濃縮在掌心
隨身行囊
在逃不開或咧嘴笑的
兩頭身裡
總帶著渾身愛的故事
一路行來滿滿的執著勇敢
總是缺乏殺氣
總是粉紅得令我們目眩
寒夜裡也可莫名溫暖
沒有事物比得上 Q
如此必須
如此強悍

蜷曲

蜷曲在晚上
蜷曲在相信
蜷曲在交融的影子
蜷曲在明亮的相反

蜷曲在溫暖
蜷曲在緩慢
蜷曲在十分鐘的全部
蜷曲在一個淺淺的吻

蜷曲在話語
蜷曲在秘密
蜷曲在光亮處的幽暗
蜷曲在樓宇華麗的靜

蜷曲在膝間
蜷曲在起點
蜷曲在終於柔軟的掌紋
蜷曲在伸向無限的諾言

蜷曲在表演
蜷曲在看見

植物之一 — 芽

我從未喚你
而
你悄然初探
風和日煦的晨
獠牙抽長
如愛

的
開始
許久以後的
另一個開始
一切合法的分手分門分家
一切往光亮處去

喜悅的分裂
徵兆
一個季節
標示一片
被期待的歲月

輯二　　他寫　　他　的名字

純粹之二 — Hydrochloric Acid

一見就搔癢
一觸就驚聲
不覺都瞇了眼捂了鼻

這樣的相遇
過分激烈
雲霧疾過山巔
見面才剛想問名字
已經決意分別

而太輕快螫了心臟
一次越界
就已足夠
全部的疲倦受傷

純白繭皮湧起
浮生
若夢
夢裡的鰭柔軟
鈣化的神經不再
擺盪回起點

啜飲焦躁的寧靜
屏息
等著至痛過去

回神
遺下初生的嫩紅
洪荒才剛準備要
蕭瑟起來

或丟棄太多而
赤裸

/
49

痕跡 13

13.01

慾念盛開
成一朵廉價的搖籃
我窩進去
暫時感到滿足

13.02

想念綻至最盛

13.03

大約是詩意濃時
寫出這些那些
酒醒概不承認的東西

13.04

生命飄散成
有一句沒一句的
橫流的慾望
無邊巨大卻抓不住的煙一場

假人

酒過
你說厭倦了紋路與光澤
瞳孔隱約裡面
所有的熱度與不實
你說你喜歡服飾假人
他們的眼總是翻白
不必擔心
那些似乎閃爍的
是不是謊話
也不必想
你說話時他怎麼不看妳

小光圈

有時候美的是另一種
是無法遇見或不再永遠
綠草原暫停婆娑
電影演了再演

反而遺失的華麗旋律
解得開生命的釦子
或驅逐理性的那幾分鐘
鄉愁了
故知他鄉的甲板顛簸

那詩人暈眩下的華麗篇章
愛了一時
倒也還好在乎或不
寂寞則伸向永遠

所以問你來不來你答什麼
都美

14.01

穿透貪婪的岩盤
修眠已久的劣性復來
一氣呵成
滿坑的風漫谷的雨

14.02

你漂流在我們點著的一盞盞夜之間
像是漫長的膠捲拖著一格一格導演們
對夢的懷念

14.03

永遠的我或新注音的朋友
一氣呵丞
其實過了這麼久我還是常常想起你

他說他的文字

他寫一些文字
記錄自己的疲倦
或者有時候
他假裝
就寫一些他人的疲倦

他寫一些文字
來傳達自己所信仰
或有時候
他變換方式
描述一些別人的高度

他寫一些文字
說他的寂寞
但是他不說他寂寞

他寫一些文字
說
他寫一些文字

不明

約好樂園門口集合
女人頹落的紋路被撿食
曾經透明不已
如季節依次到來
變形的塑膠製品裝熟起來
逐漸逐漸我捨棄逗點
塗抹而已或者
好好的想清楚才畫下
生命變成一條河或一團果醬
或者都無法
無法靜下來確認
因為我們已經變得如此不明
並且淤積

關於書寫

而我們需要書寫
像需索一個可供結繭的隱蔽處
或一種變身通行的方式
變成河流潛入海洋
變成喧囂穿過城市
得以唱著迥異或相稱的旋律
讓我們變成另一種生物
疑問或是身體
找到另一個去處

痕跡 21

21.01

躲在秘密之後的暮色
逐漸融化成
一支美妙的慢舞

21.02

重開機以後
遍尋不著
那首未完的詩

像是某種動物滅絕那樣令人哀傷

21.03

久違的藍天

一張多麼陌生的臉

21.04

紅白騎樓磚的往昔
凝為朝露
曾經為此　伸到過往去的想像之手
再扯不回　那無數清幽午後瓊樓繁華的回聲
留下無奈空曠的貓徑
嚥不下的塵土

一 他寫他的名字 一

痕跡 22

22.01

方框紅字

第一次見面
便預約好
所有的可能

眼神是印章
一轉閃輕輕蓋上

22.02

不續
那首未完成
卻遍尋不著的詩

並非每次　詩意都存活下來
眼前的話語
在夜裡
執意凝固成文字
或者錯置

22.03

小懶人葉子
沒有出現

夜晚的原野不需要顏色

痕跡 23

23.01

話語翩翩抵達
比檸檬的甜還神秘
為成一首牽去魂魄的引題詩

23.02

severe【化】

有多麼極度的嚴重才可以永遠關起
一整顆真心

23.03

企圖勉強留下一切打算懷念的線索
相機或筆緊握著
只是都假裝不在乎

23.04

何以如此相異的旅者能夠經過如此多相同的角落

23.05

第一口蘋果派按下味蕾的鍵
既甜又燙口
來路無明的熱餡

讀詩

晨起
向遠方凝視
冷空氣的景框
熱情絲絮
開啟

真正的深夜無關時間
有文字出沒的桌案
飲下純粹
飲下怒愛之狂放

每個被流放的瞬間
回想那些
尚未漂走的光亮
自動
溫暖

25.01

音樂藏在繭裡
左手指間的秘密
被觸及

25.02

糙翦梔髮
凝眸躈蚑
鸛足紛悅起
風倖

我寫的其實沒
「是我。」

25.03

眼底鏡看穿失心人
不見
網膜後面潛伏的魂

25.04

像智慧藏指間話紛飛
漸次睜大全數華麗
時間的髮夾扣不上
翩飄著午夜的折角
就拂亮蒙塵信物懸熱鬧處

痕跡 38

38.01

滿懷希望撕開包裝
許願貓餅乾的內文已被刪除
請重新輸入
跑了十家大潤發才買到另一包
許完喘吁吁的願
忘了
車爆胎在地下室

38.02

要的話
有一本集所有怨念寫成
教人打發那些
太過幸福時間的書
也有人習慣用幾根煙消磨
那些不存在的苦悶時光

後來東加西減算出
實際年齡
大家都短命得很
有時貪心從失修的時間隧道
偷走一塊磚瓦
巨大的崩坍於是降臨

38.03

詩總是危險

愛恨被付印
白紙黑字
大量複製、傳閱、記誦

38.04

經歷了此般的猖狂
再也無法從容凝視
每個眼神
都是野蠻的暗語

痕跡 39

39.01

他們總在高處眺望
目光盡處那
隱約失守的地方

39.02

為何
總以哀傷入詩
我不知道
怎麼回答
才感性

她之所以

後來
她夜夜對鏡書寫
日裡得以徹底明朗擇定時段
輕巧謊言瑜珈吐納
她說她時常必須逃走
或隱居到不熟的星球
高傲的總統套房訂不到
得簡約成一次次大迴旋裡面的
點心時間
她說他早已搬家改名
而牠夜裡起來乾嘔因為吞沒了一個夢裡的宇宙
她說她的靈魂早已無法入睡
只好寫字
描述夜夜反映著睎微輪廓的鏡子

寫
—

我們往字裡蔓延
聲音形狀荒為廢墟
藏匿在幽暗光亮彼端
隱題的話語
看起來讓人聰明或狡猾
而灼熱不堪的那些
都凝固吧
讓冷靜的齟齬
深刻的更難遺忘

痕跡 48

48.01

所有都停下來
當所有都在行走

48.02

先來與後來
挑選了時間

奇異的格子
裝進去再取不出來

48.03

是我
或是你
活著
並且死去
河流
沒有停止
地球
也沒有不想轉動

48.04

是不是再
給一點
堅定的眼神
柔軟的話語

描述

那時我們描述古老
描述看不見的地方
描述沒有出現過的感受
描述尚未發生的事情
描述相異的族群性別
描述那背光的輪廓
可以仰望
可以被遮蔽
看笑話的陽光
曬著蒸散著
嘲弄所有潮濕不已的可能
傷不了一根毛髮

漉

—

能否任性
日裡的
夜裡的
都不要去

一直踟躕在
昏黃的縫隙
抓不住
也不想放開

一轉身
唯一的退路
闔闔了

給我們的

給我們的早晨給我們的午後給我們的鄉愁給我們的遇見
給我們的時間給我們的流動給我們的海洋給我們的沙灘
給我們的旅行給我們的光影給我們的高山給我們的草原
給我們的文字給我們的詠歎給我們的書寫給我們的簡單
給我們的白貓給我們的撫觸給我們的昏黃給我們的牛乳
給我們的黑狗給我們的忠實給我們的微亮給我們的奶油
給我們的吉他給我們的獨唱給我們的鋼琴給我們的合音
給我們的擁擠給我們的香氣給我們的寬廣給我們的清淡
給我們的捲髮給我們的眼睛給我們的站立給我們的身體
給我們的笑容給我們的灑脫給我們的果斷給我們的勇敢
給我們的速度給我們的快感給我們的直行給我們的緩慢
給我們的明亮給我們的邊緣給我們的旋轉給我們的喜歡

給我們的異國給我們的明快給我們的鵝黃給我們的溫暖
給我們的土地給我們的留戀給我們的湛藍給我們的涼快
給我們的話語給我們的耳際給我們的巧妙給我們的輕盈
給我們的滿溢給我們的電影給我們的熱鬧給我們的憂鬱
給我們的書包給我們的眼神給我們的撩撥給我們的綿羊
給我們的稻穗給我們的烘培給我們的赤裸給我們的大象
給我們的閱讀給我們的共鳴給我們的渴望給我們的飢餓
給我們的吞嚥給我們的甜蜜給我們的思索給我們的譬喻
給我們的咖啡給我們的啤酒給我們的飽滿給我們的樂園
給我們的河水給我們的夜色給我們的機遇給我們的曠野
給我們的米飯給我們的麵條給我們的晴朗給我們的平坦
給我們的兜風給我們的節奏給我們的回想給我們的流浪

給我們的遠方給我們的牽絆給我們的懷念給我們的午夜
給我們的微醺給我們的慵懶給我們的力量給我們的冥想
給我們的哲學給我們的認識給我們的深綠給我們的細瘦
給我們的地址給我們的執意給我們的強壯給我們的應允
給我們的島嶼給我們的豐腴給我們的小徑給我們的匆忙
給我們的城市給我們的退讓給我們的迷濛給我們的北方
給我們的森林給我們的纖細給我們的運氣給我們的廟宇
給我們的迴避給我們的忍讓給我們的重複給我們的隱藏
給我們的荒蕪給我們的潮濕給我們的雲霧給我們的引誘
給我們的安靜給我們的災難給我們的雨水給我們的自由
給我們的純白給我們的整齊給我們的分心給我們的錯覺
給我們的紙筆給我們的韻律給我們的漂盪給我們的想像

給我們的歌唱給我們的說服給我們的左邊給我們的相約
給我們的聆聽給我們的旋律給我們的香味給我們的柔軟
給我們的凝視給我們的專注給我們的數字給我們的確定
給我們的星座給我們的信仰給我們的指掌給我們的樂團
給我們的舔舐給我們的依靠給我們的側臉給我們的徵兆
給我們的清涼給我們的照映給我們的自若給我們的慾望
給我們的深邃給我們的傷痂給我們的乾涸給我們的休止
給我們的眺望給我們的描述給我們的翅膀給我們的飛翔
給我們的陽光給我們的蒼翠給我們的悄聲給我們的跟隨
給我們的回歸給我們的慢板給我們的細語給我們的豪爽
給我們的月亮給我們的鮮紅給我們的呼喊給我們的奮起
給我們的離去給我們的耽溺給我們的傾聽給我們的麥浪

給我們的朋友給我們的存在給我們的琴弦給我們的試探
給我們的痛苦給我們的隱瞞給我們的誓言給我們的相反
給我們的廣場給我們的讚嘆給我們的虛構給我們的故事
給我們的華麗給我們的雛菊給我們的消失給我們的答案
給我們的歌謠給我們的傳說給我們的自述給我們的波瀾
給我們的公路給我們的斷崖給我們的午餐給我們的瓷盤
給我們的畫面給我們的日光給我們的葡萄給我們的星系
給我們的洋流給我們的境地給我們的梧桐給我們的海岸
給我們的夜車給我們的眠夢給我們的期望給我們的瞹違
給我們的瞳孔給我們的沮喪給我們的質疑給我們的餐廳
給我們的色澤給我們的誠實給我們的縫隙給我們的神秘
給我們的指紋給我們的喜悅給我們的承諾給我們的茶館

給我們的身分給我們的鄉愁給我們的遙遠給我們的日常
給我們的面容給我們的缺陷給我們的形狀給我們的龐然
給我們的跳躍給我們的焦慮給我們的鬆弛給我們的疲倦
給我們的頭髮給我們的善良給我們的鄰居給我們的流轉
給我們的熱情給我們的巨大給我們的草莓給我們的薯片
給我們的假期給我們的散亂給我們的眉毛給我們的困難
給我們的冷靜給我們的透徹給我們的菜單給我們的廚房
給我們的巷弄給我們的地圖給我們的時光給我們的浪漫
給我們的踟躕給我們的切斷給我們的勇氣給我們的無垠
給我們的水面給我們的青草給我們的默契給我們的餅乾
給我們的轉身給我們的快門給我們的夕陽給我們的久遠
給我們的山谷給我們的晚霞給我們的幸福給我們的向晚

後期

可是每件事纏繞不停
一朵小花或是竟夜遊行
因為我們至此的愛
像一團美麗複雜的戰爭末期
幻作某些單純符號
到彼岸、玫瑰、小巧的房、日光
或問是否相信
也沒等回奇異點之後
漂浮在名稱與名稱之間
卻也未必繼續下去
拼湊黏回一個正常的星球

鮮明

如果天空可以這麼深邃
如果平原可以這麼澄澈
如果影子的輪廓一直這麼細緻
如果編好的說詞都有重點
如果
大筆畫得上去

如果說多少錢就是多少錢
如果說過要去就是會出現
如果支持了這人就不會在那人的場子出現
如果按下了快門就不用再修片
如果
沒有塵埃

如果說喜歡就逐漸要變成深深愛著
如果說太輕飄飄也的確不會入選
如果相信是一種無所畏懼
如果決定了就毅然往前
如果
可以被記住

如果說斑點是斑點皺紋是皺紋
如果說微弱也像雪地裡清楚的黑
如果輕巧的可以飛起來穩重的值得埋藏
如果想要輕易的放在一起輕易分開乾淨
如果
每個色澤都是獨自美麗的版塊

植物之二 — 根

越是錯綜
越是能得到景仰
像古老城市裡
老去的魅影
斑駁的故事
都令人好奇

不過小巧
未必不昂貴
時常多產
要在亮麗裡面長久
或是反過來
都要點運氣

宅院的一角
有時默默的有股勢力
在潛伏、動搖
破綻之時
已不是修剪一下
就可以

或有時
龐然的腐爛
沒有一點預兆
像跳樓的大老闆
雷劈過
轟一聲倒下
留下一家子
錯愕

輯三　散步到彼方

純粹之三 — Sulfuric Acid

行在荒漠裡
你說渴了
一喝水
卻發起燒來
猩紅的胎記
你寫了信

在十萬呎遇見那日
你模糊而無所不在
我睜大眼卻被說
這就是我
貪婪的樣子
旅程越來越快
一切都熱得野蠻

從前
絕對安靜的戀人
沒有顏色
也無須氣味的
沉在深深底層
陽光那日
一起散步
走著走著
一切閃爍不住
再也分不清楚

還記得那些笑
你說
最後那只不過是
灰燼與碳

我們都因孤獨而渴望擁抱
卻懼怕忽然的溫暖

痕跡 29

29.01

翻閱以後
翻越了
像是流過身體的熱水
規律不已

29.02

山嵐靜靜飄來
我們都濛濕了髮

妳的雲霧是我的
我的
拂過妳的臉

29.03

藏在另一個角落
睜睜閃躲自己雙眼
不誠實的視線

29.04

不顧一切
去深愛了
才知道
隨時椎心的危險

痕跡 34

34.01

信任產生在
紅茶流過喉嚨的一瞬

葉子展開
色澤發散
一切被香氣馴服了

像是螞蟻轉動著觸鬚
交錯時停頓的那一秒

34.02

魚游泳出現
往西很難乍亮

34.03

我想往回
一遍又一遍經過那段捷徑

或是
在潮濕的菜場裡乘著白熾燈
遙想宇宙

34.04

那
就到遠方旅行吧

再旅

這次
開著車
帶了相機
訂好了旅館
跟據說很風味的餐廳
當然是最被期待的地點
也選了對的季節
就出發了
沒有拖延

卻忘了
準備墨鏡
而過氣的陽光就是那麼
太過
太過耀眼

再望

偷偷跑遠
到一個沒人認出的小鎮
凝望如對鏡

為了要逐漸靠近那裡
他們辛勤不已
光裡闇裡他們深信
那裡
有一塊溫柔的形影
可以依靠
可以躲避

凝視著他們
一天天幸福
一天天寂寞
凝視著他們哭著笑著
凝視著他們老了

那多年前的小鎮
變成現在式
一切從此

散步到彼方

從這裡
輕輕的過去
緩緩的
悄悄的
觸及彼方

以橋的身軀
或明信片的面容
電訊的流動
或清爽的話語

過了很多年
愉快的旅途結束
我們終於知道答案
藏在路上
每個步履

走路的冥想

要避免轉彎處沉澱直行處挖掘可以過來一夥去
涼涼的海裡游泳醉醺醺的夜晚散步而沒有顧忌
就是最末的顧忌把故事說完再決定要不要續集
每個字寫出來唸出去都收不回只好稍微戰兢並
且不停往前何況陽光越來越炎冬日逐漸蒸散在
內分泌失調的地球幫忙回憶也是不錯重要的乾
糧在針尖的時刻在燃點給予最多的動能甚麼是
責任甚麼是愛甚麼又是仿造的甚麼是快速甚麼
是緩慢那雜沓碎片掬水入罐帶在身上有事沒事
啜飲牽手時候溫暖說話時候快樂見面時端詳清
楚離開時就走好偶爾想一會不就這樣我如是望

夢中飛行

在夢的界線裡面
　　　　得以漂浮
　　　　並且脫離
　　　　並且渴望
　　　　並且神秘

在夢的界線裡面
得以穿透所有遮蔽
　　　　並且不會墜落
　　　　並且遠離喧嘩
　　　　並且散卻燥熱

在夢的界線裡面
得以成為孤立的島嶼
　　　　並且幽閉
　　　　並且思考
並且期盼或完成期盼

在夢的界線裡面
得以孤立暗夜的月
　　　　得以毫無界線
得以選擇有限的溫暖
　　　　並且忘卻遺憾

痕跡 43

43.01

有時候我們都需要一點點空心

43.02

出租了太多
自己沒得用
而借了來的那副
太緊

真心

43.03

有些美麗的即將開始
有些停了下來

我想著怎樣做晚餐
是的你看著我接起電話
是的我沒有說話
而吞嚥著跟生活無關之事
太不真實的全然
逼近不已
是的怪我太軟弱也無力阻止
像點了杯不夠熱的咖啡
也不多所抱怨
像收到封不想收到的長信
卻虛假的回信

而此刻我只想著做晚餐的事
此刻匱乏的是界線
但事情似乎都需要界線
藉由界線我們可以更接近
更加親暱
享用更多被嚮往的尊重
因而更能夠在焦距處
清楚看見每張清晰的臉

我想不太到怎樣做這頓晚餐
我忽然想到在廣場中央畫的那些粉筆線
隨著激動的吼聲
我沒畫好的那幾條
破碎處聲裡有謎
斷續處字句如花

43.04

對鏡發懶得很
給一點點陽光與夏熱
好繼續以往的精緻
好擦完綿羊油
再想著要去旅行

身分

我一直以為我是 ●
就這樣許多日出日落

拔河的時候只是
把另一端不停扯過來
因為太亮所以盲目得
無所知覺
幽暗裡空掉的觀眾席
還兀自表演

一個週末之後
或是一輪生肖之後
只是發現庸碌的彼端
沒有
什麼都沒有

後來
知道怎樣笑
怎樣探望
怎樣欣賞渴求的彼方
總垂釣在深海
感受一個城市這麼遠的距離
一點回應

彼端有時看不見
但可以傾聽
運氣好
傳來另一個心跳
不管是幾下都讓人悸動

很多年後
才發現原來我不是●
所以去招領處
領回這個。
用遙控器指揮每天的娛樂

○兀自表演的同時
悄悄倒轉了時間回去看
兀自表演的●的姿態
感嘆得羨慕起來

默默發誓
偷夢
是否可以扯開陷阱
從⊙開始

未竟

謝謝你為我占卜
提醒我太早起床
卻太晚睡的毛病
而我早知道我不能早婚
不屬於那種簡單的幸福
那些埋沒在信裡的神祕
早已永遠
但謎題都不重要了
因為此際大家都安穩
躺在藤籃裡面搖擺
可不可以暫時
讓我襯托一下主角的光輝
約定了的我
無法得到我想累積的記憶
三十歲以後的事情
如果已經確定
那必須得到哪些寶物
才過得了那難關
其實我只是正在保護
不讓跳板斷掉而已
並沒有怕水的權利

螺旋

一個起點在找尋
另一個起點
以為固定的半徑就是全部
以為可以
慢慢來
卻沒發現那隱隱的偏心
閃動
座標崩毀
像被惡毒的背叛
拋往宇宙
變成一座倉皇的螺旋

流雲

厚重著並且輕薄著
優雅的俯瞰這島嶼
從容的瀏覽人們的剎那
望著大橋在眼底塌毀
村落消失為平坦的荒原
跟隨來的大水溼透一切
凝視著被沖散的所有
而高空是如此清爽
時間如此靜默

痕跡 44

44.01

抽不到一張
擁有最少的汙點的再生紙

44.02

那汙點
反在陽光下逐漸模糊了

44.03

可是在高空
思緒卻那樣翻攪起來
有時像宇宙那麼深邃未知
像掠過的雲那麼白那麼亂
像氣流那麼熱烈
像地面的事物那麼真實
空隙裡飛過海洋飛過一座一座島嶼
沒有一刻牽掛別處

44.04

切莫幽暗無度
請量入為出
嚴禁熱血態度
嚴禁哀傷語言

我懷念

事情逐漸過去
並被人們逐漸忘卻
我卻開始懷念
懷念那些平原
懷念那些高山
懷念那些長途的旅行
懷那些一天天都超級的日子
懷念那些爭吵
懷念那些諷刺的笑
懷念那些理所當然的熱情
懷念那些可以被甘之如飴的莫名
懷念那些開始
懷念那曾經被計畫的以後
懷念那些想像
懷念那些建造起來的懷念
我懷念

植物之三 — 莖

難以描述
午後休息
被冷氣機吵醒瞬間
殘留著飯菜味
的空氣

時光抽長一再
接著變脆變老
後來我們不都得學著
跟裂開來的那些內裡
相處

而有時
徒然往天光處去
卻撐不住世界
太急

輯四　　異境之　徑

純粹之四 ── Glucose

一秒鐘
這樣的迅速
感覺到你的全部
我被馴服
沒有退路
你是如此美麗
如此單薄
大家卻都說
嚐一下就好
不要這樣
你們
不適合

卡洛維瓦利秋天

秋天下午
這兒還沒有電影節
一切都陳舊安逸
每個四方與顏色
都是可以印刷的風景

昔時在郵票裡見過面
現在放大一千倍再配樂
我在山谷裡寫字
流水裡寄明信片給遠方的
我在橋上拍照
貪心的後來都遺失了

艷陽下風有點勁
樓房們很巴洛克
也很蘇聯
掌心的溫泉壺是畫中畫
市場溫泉旁邊可以吃義美
入了貴族之境
這個下午我信仰著
礦物質與夾心餅

有些回憶失去鏡頭
但擁有了即興的聲音光影
還有實在的步履
所有屋頂與葉子的紅
藍天下空氣劃過了臉
還有氣味與舌尖

要沿著小河走嗎？
彼端並不被需要
漫步只為證明時間
證明這是個美好的秋天

南方海岸

－ 遊　Bohol Island

而什麼是旅行
什麼是美
而什麼是熱帶
什麼是豔陽

一個捆住了好奇與疲倦的螺旋
被領往海岸
岸上是異境

而這就是海
這就是深藍
而這就是白
這就是貝殼砂灘

水面之下是另一個宇宙
無數個菱鏡
想要窺視或灼傷
深邃的海底

而什麼是探險
什麼是曬黑
而什麼是清晰
什麼是喜歡

那海島遍佈著縫隙
暫且藏住喧囂與神經質
椰子樹
與另一顆椰子樹
綿延著緩慢的空間

而那就是陌生
那就是無垠
而那就是殖民之後
那就是島嶼

有時去旅行
就只是旅行

切線

邊緣如此潔淨
得以清楚要面向哪裡
在雨的邊緣
緩步通過稀薄的界線
適度乾燥很好
靜靜搭車
穿過城市
穿過河流
穿過以為熟悉的
陌生地方
後來在明亮處發現
一盞如棉紗的乾燥
在邊緣裡逕自溫暖

舊城廣場

Dobrý den.
我的眼裡
那些照片的光
是唯一的光
這遙遠的問候
是厚實的悠長的問候

一個清脆的開始
是好的開始

Můžete mi to ukázat na mapě?
可不可以告訴我
我是要去日裡
還是要往夜裡
很抱歉帶著懼色逃出
倉惶間
我遺落了問句

地圖像詩
只知道約瑟夫的手
如此和煦

Děkuji.
　牧師的帽子
　輕輕閃過街角
　妳說不想照相
　一直以來

　而教堂不叫做教堂
　陌生卻彷彿熟悉的話語
　玫瑰就是玫瑰

　階梯外是巴黎街
　後退一步彷若異境

V kolik hodin?
　神秘的時鐘
　才可以決定
　在小鎮裡愉快的蒼老
　或在大城市裡疲倦的飛行
　有時候
　都得收起
　高高的鼻子

Kde je náměstí?
　想偷偷告訴你
　這裡究竟多擁擠
　走幾步再轉個彎
　便是站滿整齊軍人的廣場
　背向奇怪的榮耀
　廣場在哪裡?

　廣場在我們的自由裡

Nerozumim.
為什麼
後來所有的親人與鄰居
都變成了巨大的蟲
蜷曲在西北邊
窄小的空蕩的房間
屋頂上
逐漸稀薄掌心的祝福
只有變厚的苔蘚

Na shledanou.
不遠處的空中
有無數的哀傷與祝福
銘下的話語已然恆久
而未銘下的
引我至此

我想這是最後一次
打擾
在心裡預演了無數
約瑟夫
總算順利

捷克語

Dobrý den.　日安。
Můžete mi to ukázat na mapě?
可否請你幫我在地圖上指出來?
Děkuji.　謝謝。
V kolik hodin?　請問幾點了?
Kde je náměstí?　廣場在哪裡?
Nerozumim.　我不懂。
Na shledanou!　再見!

高原上

1.
　　·

「那是蘋果樹。」
車行三十分鐘
「那還是蘋果樹。」

2.

縣城是小小的城
古老的地磚
古老到你不能不認識的朋友
我們走過大街
東大街
羊肉加上饃饃
北方最豐盛的早餐

我恨饃饃
在被逼著吞光的那刻
雖然一開始
我喜愛不已

3.

電話接通
荒野的雲當然不同城裡面的
他說
但彼時
我在高原上
周圍五公里
沒有人
有北方的天際高聳的電話塔
與雲與小麥與黃土路
沒來的水與酸湯麵與書記
寂靜靜極
忽然
我的視野裡剩下樹
以及很多的樹

4.

一種形似詩句的文體
被徹底的需求
人們在牆上寫字
在空中寫字
古老的形象字
瓦解
碎屑刺著我的視神經
奇癢

5.

我拍照
霧霾裡豐滿的玉米穗
剛生下的豬仔
平原裡
極好看的樹
像熟悉的盆地裡
寬闊的水域
然後
小麥田
黃土
黃土築成的村子
農人
與許多農人
樹
還是樹
加一些枝枒之間天光

原來那樹
是忍受了寂寞才抽長如此

一個龐大的數量
屬於秋冬的寂寞

6.

深夜不耐的
往黑裡逛
那是忽然接上線的
清風街
風微涼著
在仄聲的話語裡酒醒

7.

東風車穿過人群
穿過正午十五度的春天
煙塵與光
我因為對乾渴的恐慌而乾渴

人群裡突然熟人打招呼
千年的古城
陵墓裡還有偉大的帝王
還有秘密糊著厚厚的黃土
古老的不變的黃
是接近烈日的高原
是涼寒的春天

搖下車窗
我叫喊

小鎮威茲勒

撞見清晨的山丘
有一顆偉大的精確的淚滴
在此注視
注視著這個星球
一百年
萊卡的快門
拍到我的步履

小小的城
這裡的木頭沒有戰爭
耶路撒冷之屋
不是哪裡來的異族
年少懺情過後
石橋下仍聞河水
再一百年

緩緩的流暖暖街燈
在木房子窗口
戰爭的火光在眼前
險險劃過
倖存下來的
吞嚥堅毅的哀傷
在木屋卵石刻深的皺紋裡
變老

沒有人知道這是哪裡的
威茲勒小城
少年維特在此漫步
人們拿著龐大的萊卡相機在此漫步
在淹水的綠蒂家旁邊
悠悠漫步
所有渺小的煩惱
過了一個又一個
一百年

在克倫洛夫那日

那日在歷史與咖啡館之間迷路
那日時光的通道執在手上
那日千年的紋路讓一切都變得渺小
那日有一條河悄悄圍繞並溫暖你
那日霧像絲綢涼冷柔潤安撫著沉睡的砂岩
那日炸開的樂團抹平鄉愁時代的一角
那日孤獨感過盛凌駕了世襲邦國
那日一雙飄蕩的眼睛可以注視時間注視你
那日在未知的上坡因為華麗的修行而讚嘆
那日恍悟龐然死亡
那日屋宇傾訴不止我熟熟睡去
那日有一片隱匿而熱切的山坡可以飛起你
那日清晨雨裡我帶著最稀薄的期待散步
那日廣場的顏色艷麗而城牆的缺陷完整
那日我急著離開卻想永遠停下

有一座
旅行的城
悄悄的
築好
卵石路
參差
趯音青綠
槍眼裡
再沒有敵人
而塔尖

就有

五瓣的玫瑰

產寧坂歸

千年的領悟之後
再沒有
虛無的可能

櫻是黑
苔是綠
寺是灰
神是黃
奉納是紅

那敬畏
隱身於每片屋瓦
每片屋瓦
都凝視著
一個完美宇宙

流域的空白

在三個流域中間踟躕
時間逐漸凝結
空氣裡的水分與溫度
被所有的大河瓜分之後乾又少
千方百計孤獨的時候
寂寞來打擾

誤以為
源頭處是溼潤一片
其實是睜不開眼
又想望穿越可能的視線

平原的線條過度遼闊安靜
深邃而親暱的森林自若隱現
紅土載著田野
日光均勻的分佈
蝴蝶匿蹤而過
是波希米亞來的

空白
演化為一種演化

後來
在平原與平原的交界午餐
水杯裡有光
和紅土的倒影

Obere Pfarre

上方的
神聖

本來只想遠眺
卻巧遇深邃
即將久遠的祕密

浸溼我的眼角
盡失我的忘卻
你在山丘上
沒有話
微黃暮色
微黃晨光

繞著
經過巨岩般靜謐的背脊
最高處的塔
雕像裡的困惑
都是好久以前的事了
我才正要過來

不都要偏頭沉思
剝下的美妙時間
路途上十字得以喘息
年久才得以泛黃
泛黃才得以繼續
你依附著秘密
那繁忙的角落

於是供我在世界的彼端
得以永恆失蹤
得以永恆迷惑
高處遠處一個平淡的名
日裡夜裡喧囂裡可以
一邊走
一邊笑著想起

重遊旺角

這次來與私房的古老重逢
雲天清涼有風
時間在步伐裡勁竄

大街如常熱鬧
茶餐廳裡依然喧嘩油膩
莫名的打嗝起來
年紀於是老了一點

這次也止不住小公園的歇腳
行道樹剛綠
這次沒有地圖而有記憶
這次單人旅行

桃源假期

一個仿造的假期
小巧的
安穩的
隱藏在這意外的空隙
約會的平方
是桃花源的驚喜

那日我們易身
轉了八個彎的巷弄
精巧的花園
問城市的關聯
彼時
我們與世隔絕

彼時
城市的歷史
半數沉澱在眼前
小巧屋簷
蕭目舊瓦
泰然綿密的苔蘚
昔時字跡
襯著往日戰爭
浮木般的安逸

你旋轉了
又旋轉
多年後
我也仍懷念那些日子裡
你的
或我的每一個造訪
那些翠綠

我前去見你
有時夏夜
有時冬日陽光
城市的角落
被需索的安穩
城市的邊緣
最溫暖的邊緣
城市的身世
隱在一塊小小的陳舊的瓦片

紗帽

一聲完美的乾咳
繫在大病之後
七星山隱隱作痛的胸口

二十萬年的煙雨
連鄰家女孩的汪汪大眼
都流盡了淚

這意料外的蒼翠
仍然
兀自溫柔

痕跡 47

47.01

景美溪
在想像的地圖裡
魔幻的逆流
置換城市中
那彷彿不變的方位
魔幻的
淺淺的
將富饒的想像置換為
黯闇的記憶

47.02

像是男人尋找女人
像是鯨魚尋找溫暖的海域

―異境之徑―

47.03

漫溢的狂妄
腐臭

47.04

在樓梯間
微工業
加工
交易
酒瓶鋁罐
鄰居小孩

小國

一幀澄黃相片
掛在西北
面風背雨處
繫住一個年邁的停留

五道淺深丘陵虎踞
一個長鬍子醫生
留辮子的西方
在緩緩蜿蜒的山坡上

有船桅湧來
所以那港灣可以靠岸
有阡陌的山谷
所以回聲不奢侈
往西是邊界與終線
所以映下了金色的河水

有戰火與鐘聲
所以那墓園可以莊嚴
所以那和平可供收藏
有文字與遙遠
所以那記憶就這麼兀自厚實
所以一片異質的寧靜凝結

不忙的時候抬起頭
觀音遠遠山上
每天傍晚
垂榕的河口
想當年
我們擁有一個小國

植物之四 — 葉

大部分日子
我們需索
並且舔舐溫暖
緩慢而貪婪
太過溫暖的時候
就順著
灼傷

陰影與皺褶
整個城市
精緻的巷弄
我們流淌
源源不斷的脈絡
繁殖季節
整個城國
被用來陪嫁

缺損　　　　　　　　　　　凌晨是另一個
無法阻止　　　　　　　　　　　　時區
但總在意料之外　　　　　　　　才想起
據說　　　　　　　　仍然需要呼吸
那就是純潔　　　　　　　並且仰望
沒有污染　　　　　　　僅有的濕氣
　　　　　　　　　　有時我們閉合
　　　　　　　　一張張疲憊的臉

　　　　　　　　　　　秋冬時
　　　　　　　　我們易身通行
　　　　　　　　　或者輪迴
　　　　　　　用另一種方式隱匿
　　　　　　　　或者去異地
　　　　　　　　　單程旅行

輯五　獠牙與　齒痕

純粹之五 — Carbon dioxcide

曾經那樣合諧
直到
被日復一日
用完拋棄
就有恨
湧出

他復仇
溫暖所有
燃燒所有
溶化所有
再冰凍所有

一顆無形炸彈
撼動整個星球
燥熱已是仁慈
或許乾渴飢荒將更甚
或許嚴寒暴雨將更甚
或許停滯將算是個友善的詞

億年之後劃開冰層
發現一楨圖畫
畫著星球
恐怖而殘缺
寧靜卻血腥的齒痕

痕跡 30

30.01

膽小得
用指尖走索
一身冷汗

30.02

質疑自己的當晚
我的夢掉了顏色
它也是闇闇的

30.03

炫亮的幽暗的
涼寒的暖熱的
急躁的緩和的
抑鬱的歡樂的
自信的自憐的
堅強的軟弱的
理性的感性的
可見的蒙蔽的

30.04

於是強忍住鎮定
假裝慌張極了
心裡播放著哈哈哈哈那樣的笑聲
驕傲帶著驚慌的面具滿溢

國王脫光了沒
天冷得很

遊樂園

尋常夏天
我偶然走到巨大的遊樂園
與巨大的孩子們
搏鬥
微笑的孩子們殺氣騰騰
刀刀見骨

1998 獠牙們

獠牙A

站立的小城風冷
遠古水泥色暗沉
在體溫和話語的縫隙
蜷曲著一記小小的齒痕
光影

獠牙B

細瘦的短袖
顯現一些自私的熱情
沒有退化的吠聲
在夜裡冷冷對話
沒什麼不願意

獠牙C

拾荒時代什麼都渴
貪婪砸向腳趾
傷痛時候眼淚
喜悅時候啤酒
憤怒時候表演

完美或匱乏的圓

獠牙 D

變形之後寡居
而繫著僅存的熱
四年或更多
寂靜時光
星球純粹轉動
冷冷蔓延
一場未來之火

獠牙 E

更易於排演的繁複
潔淨
美麗
光滑的形體
完整的對稱
不意刺入
美好時光正中間
跳動的心

心宿二

靜靜的
領著一片空白
帶出一彎緩緩的勾
截然深邃的域界

心宿二
低調的微黃
七月清澈夜
六十年過去
毫不搖撼失色
透月而來

身分
印過去就算
有時是堅毅
有時是倔強的情
微黃的
復仇該算是幽默
微黃的
亮度算是溫暖
可知
蠍心不毒

剪熱

把葉逆光
留下隱約剪影
炙熱的形狀
而涼寒早成遺跡了

瞇起眼
拼湊稀薄的碎片
忍耐嘈雜與嘈雜
汗水過去
肉體過去
季節過去

逐漸要蒸散
的空檔
把葉逆光
隱約
見到一點綠

觀音

我在河右岸
看見你的側臉
靜靜躺臥
觀無著
於是音了

那初
你聽任浩浩大湖
瘦成
淡淡一水
切開大屯的渾然傲氣
江河海天

久前
你聽到髮梢那場戰爭
隆隆砲聲
林投樹埋葬巴黎來的殖民者
此土彼國
異鄉故人

又有
你聽過時間流著
流來商賈
蔓延財富
這片富饒喧嘩到你額前
幸不幸
匯成一氣
逝水

近日的盆地
規律的壯美而起
沒有戰爭生活靜靜
你靜靜的觀著音
人們吐納你的耳邊

你太多太大
我太小
於是不要多話

閉著眼
你靜靜的側臉
不敢放聲說話的我
也靜靜的
注視
河左岸山嵐
繞不過你

沒有時間她唱歌

根本沒有時間
她唱歌
在沒有時間的裏面唱歌
絲線連往宇宙奇異之外
旋律在節奏在還有迷戀飄遊
重重的刻痕並且背對氣味
白色的一首用來紀念
紀念鄉村以及死去的人
紀念害怕忘記的事件
紀念沒有的時間不斷不斷
不斷湧出如水
不斷纏繞如繭
她於是唱歌沒有時間

戰爭正在

戰爭正在
陽光下蔓延
遠方有煙
遠方有
永遠不太夠的救援

戰爭正在
孩童破舊的床沿
黃色
褐色
黑色的皮膚
有不及沐淨的塵土

戰爭正在
田裡發芽
在乾涸的水管裡流動
在空蕩的市場叫賣
在人們獸性的縫隙裡
蠢動

戰爭正在
吃力辯解
其實是偏見如麻
其實是寬容太稀薄
其實是有什麼放不下
其實是
戰壕的背面
油井如花

戰爭正在
另一片陽光下
襯著高聳的紀念碑與廣場
或完美的綠草皮

被詩意描述
被仔細著色
那些擲地之聲
迴蕩不止
印記烙在
另一邊

痕跡 45

45.01

拆離所有喟歎
或長或短
憂鬱、迷離、悲劇性
字句與字句相互依賴並排斥
染上些微的傷風
在炎夏的冷氣房裡
咳血

45.02

飄盪所屬
不要謎語
我想說話
清朗的藍
飽滿想像
髮的時間
稻稈抽穗
末班電車

45.03

怎會想到如何逃難
在法庭上
在國會的大堂裡面
跟他們吵架

45.04

以為低調點
就能勾勒出它的樣子

我們還無法知道
還無法知道它的樣子
就已被困入巨大憂傷的秘密

妄為

清醒的
峭壁上
就是不肯放開
他抓著滴血的羊腿
一舔
再舔
在所謂的神面前
無知並且大膽
妄為
很美
很險

痕跡 46

46.01

紅白
那些磚的樣式
形成了城市
卻在粗糙的腳步裡
被搗毀
被城市遺棄

46.02

美崙溪
伏塔瓦河
都繞過小小的
轉彎
繞過一個又一個
記憶中的聚落
讓橋上的人照相
讓橋下的水流過

46.03

親愛的貪婪
請你回到半夢之間
不要醒來

46.04

哀傷超過語言時候
他卻兀自言語

夏夜望暑

隔著河流入夜
你可看見
整個城市輻射吹起氣泡
戰爭般的猩紅
晚霞般的微紅
本來可愛的盆地張牙舞爪
像一顆邪惡的臼齒
碾壓出整個夏季的熱氣
耐性在高溫下消解
你可看見
柔順的流域
失控得嬌縱不乖起來
深夜倦了
才像睡著的惡犬般
似乎無害
我們曬黑的皮膚
企圖悄悄的融入夜色
未果

再炙

後來事情的發生未如預期
夏天卻仍然太過炙熱
家人們按時團聚著
秋冬春季也這麼過去了
而那一口氣卻仍懸浮
在那裡
淚眼一一乾涸
小巧的平原
漸次免疫所有混濁的時間
或許故事不該
它太過平靜
平靜的內面理當埋伏著什麼冤屈
讓使不上力的人仍然悲憤不已

稻熱

蛙鳴回來那週
大病初癒的那週
也不知道圳溝裡
水來沒有
也是天氣剛開始不涼的那週
那週開始懷孕
所有的綠
開始緩慢

早前伏下的那些
有的振作回來
有的遺忘
傷痕有時沉重
有時滋養所有
缺憾
或形成一個記號
許久

也並非不說話
只不過就無雨
就像
明知道有風
但心裡卻涼不下來
而那是第一個
沒雨季

後來駝腰時候
是可以祈禱
可以忍耐的時候
缺陷的第六葉在陽光下
還是忠實吐納
風來
群浪仍然湧動
斑斕毛髮仍然奔飛

有時候我們也不用名字
我們可以就是
我們
而已
那週不知會否飽穗
那週不知會否
無米

後來他表示

後來他表示對於反抗他已經疲倦
對於無效的表達他也已經懶惰對
於跟生存無關的一切沒再繼續注
意過長了太多污垢讓人就要窒息
現在是拿刀切下的時候並且他說
我想買個堅固袋子把切下的那些
蠕動的懵懂的年輕的疑問先封存
過陣子再拿來說嘴他現在只想靜
靜的競走他沒帶行李也沒要問路

最後的凝視 — 致長井健司

喬裝悶熱九月荒涼的擁擠
此際你最後易身通行
紅花遍地的城市遺棄的鞋與眼鏡
當你激動凝視煙硝的一切
當你不願平躺下來

為我們看見
那地獄邊境倉惶的塵土
為我們聽見
那蟄伏已久憤怒的佛珠
為我們灼傷
那世界被炙紅的左胸
為我們堅持
那逐漸模糊癱軟的視線
為了遠方的吼聲
彼端的我們的戰爭

當你隨著心跳平躺下來
躺在你眼裡的無人之境
在寂靜的地平線上
你寫下自由的名字

植物之五 — 實

後來事情逐漸清楚
沉甸甸的落了下來
輕飄飄的
有時候也落下來

沒落下來的
尚未發生就被封緘
查無此址、遺忘
或者變成另一件事情
無論美妙與否
偶爾難過的是
事情從沒有機會發生

落下來的那些
被期待
安穩又活力
成為另一個宇宙
或是輪迴
腐敗的前身
是鮮美
甜蜜也是必須
從酸澀裡面破繭

時光
事情隱約滋長
像是宇宙裡
無數的銀河
銀河裡
無數的星系
不斷漲大

輯六

遠方的綠光

純粹之六 ─ Ethanol

乍來那日
你如春光透明
好奇的指尖涼寒
平凡清白的身分
風來
淺淺的印象消散

夜裡
為你迷亂
其實是一個不輕盈的歷史
你的味道
我見到萬物顛倒
變暗
變慢

後來見到你
你在眾裡自焚
人們沒有見過如此火光
猛烈灼熱而淡藍

我退卻
只想著離去時
你帶著一抹白

美麗之脊

在泥裡
在腳下
或是三萬呎的遼闊
都是雕琢的字句與圖案

像是演唱會般
煙塵裡
龐然的一丁點的
大明星的完美背脊
誘惑的頸項
也冒竄一點點香氣

又像神祇
靜靜的在那裡
偶爾被望見
被慧根的認出
俯瞰著眼下的富饒
抽長的歷史香煙裊裊

時間緩緩潤過
緩緩墜落
沒有什麼
值得急促
值得來不及
挾著寂靜
無底的深藍
讓生命失了歲數
治癒曾受的傷
撫順所有的光

痕跡 26

26.01

小麻雀拉麵店
開在腳踏車上
兀自吟遊如此多年

26.02

後來笑了的
失散多年的光
晒醒了我

26.03

那樣的字
是如此

柔和又強悍的紋路
長著葉間閃著炫
曾在夢裡我所撫觸
一顆偉大的植物

26.04

除了面對不幸而怒了

也無言面對過分幸福的

變老有感

不去妄想拋棄起點
不去一次次穿越
時間
無明的問
眾聲的繭

逐漸明白
不可能
每句的意思
都能了解
每次祈禱
都靈驗

房間

在光潔的地板上
躺臥如飄來的木
那溫暖近乎奢侈
輕巧的門半掩
音樂流瀉如大河
時間也是
房間有一扇窗戶
跟另一扇窗戶
一扇有風
另一扇是斜斜的日光灑下
輕巧的門半掩
牆邊有桌椅如平實的臉
桌上有一株大綠植物
有紙
與陳舊的墨水筆
可以寫字
輕巧的門半掩
我像漂來許久一般躺臥
看著白牆與天窗裡的藍
時間依然流瀉不已
大霧那日已為往事
就詠嘆這清晰的視線
輕巧的門半掩

鬼兒

後來
鬼兒們就時常出現
不只在夜裡
也常在天光下

因為那之後出廠的鬼兒
改進了程式裡的重大缺陷
讓每個鬼兒都可愛了起來
大家於是都能夠逐漸習慣
逐漸喜歡

他們的獠牙
她們輕飄飄的步伐
牠們在暗處像大提琴柔軟低鳴
祂們在重要時刻發出光芒的偽裝
（就像最近越來越多人看見的天使翅膀）
那些總被誤為是哭喊的笑聲
也就不再那麼尖銳可怕

後來
電視台開始找鬼兒上節目
藝人們學鬼兒說話
唱鬼兒們抽搐系的歌謠
年輕人開始穿起鬼兒的服裝
富太太們有時請鬼兒理髮師來做頭髮
（因為那造型實在夠大膽）
鬼兒餐廳也逐漸預訂不到
雖然還是有人被打鬼節目吸引
但那些曾經淒涼不堪的鬼兒們的過去
已逐漸沒有人在意

每個人都有了幾位鬼兒朋友
鬼兒們變成了同事、廟婆、老闆、里長伯
鬼兒就在四周
也聽說朋友跟鬼兒談起戀愛
（沒錯那是很令人好奇的）
報上說鬼兒的平均學歷比較高
繳的稅也往往比較多

後來
鬼兒有了自己的城鎮
鬼兒財團規劃了鬼兒特色的風景區
陰森森的紓壓園區很有人潮
收費的幽暗谷地常常塞車
路上鬼兒們開心的用獠牙比武取樂
時常也有喝醉的鬼兒
但人們再也不擔心他們會不會鬧事
有時候
人們甚至常常沒認出來
同桌一道吃飯的鬼兒們
以至於給了他們太輕淡的食物
或問了好笑的問題
(像是:你爸媽住在哪裡?)

那曾經的災禍
逐漸被忘卻
公園裡的石碑隱約說了些
而現在
鬼兒們在大街上走
人們也在大街上走
某個時代
經常是就這麼來了
或者經常是沒有
只能說
長在這時候的鬼兒
長在這時候的人們
很幸福

痕跡 31

31.01

深夜填字戰爭
背叛才找到替身
無妨誰好誰壞
格律舞著爪　如此放任

31.02

像遊星出沒
像兩人旅行
像一畦波斯菊
像喜悅最後哭泣

—遠方的綠光—

31.03

草原漲高於是平坦
眼睛閉上於是勇敢

天光灑下
於是清晰
我們話語
於是開始快樂

31.04

逕自
開封了炎夏

炎夏
逕自開封了

沉默的時間 — 關於移民海岸

松樹的房子微光
屹立時間啞口
俯視著我們流動的肩膀
撫拭著我們灼痛的雙腳
當我們需要一片神祇之地
腳下是國中之國

等酒後晚風吹開
故事才如豆芽抽長
一千年五十年到六個月前的事
那些毅然至此沒再轉身的人
「有人噤聲走了二十幾天來到這裡……」
溜進自己安逸的緯度
尋找獨特的色彩或觸感
虛無安穩的界線
我們不太說

沒有渡船的島嶼
像永晝般規律
蒸蒸的霧淞在岸
細唱著沒有停過的慢板
總被遠方著細語著山海著寂靜著的院子
公路似乎是要來

因為遙遠才更想靠近
飽滿的薄毯才暖
所以我們輕掩了面海的門不說話
山丘上有松樹的房子不說話
我們變成溫暖了胸臆的鯨安然睡去
期待每一個美麗的日常
時間會逐漸輕盈
一句一句

痕跡 28

28.01

抱著一束藤蔓
隨著天光逐漸醒轉
淡出黑夜
嫩芽已伸進了視線

28.02

偶然發呆時候
會望著
自由背後模糊的影子
感到些許渙散

28.03

因為沒得軟弱所以
堅強
因為不想一樣所以
瘋狂

28.04

從此就不讓線斷而
光耀的繃成一根聲音清亮的弦

等哪天風和日麗
到院子裡彈奏

麥田裡

是不是見過面的
小麥田的綠色特別軟
蜷曲在高原時候
我們都一樣
一樣的平坦

在想像裡尋覓過
一落一落
本來陌生不已的字句
襯著光裡飄揚的圍巾
土地的一切化為鼻息

在等風的時候
那炎熱特別的寂靜
寂靜在每個步伐
寂靜在袖子、行囊與頭髮
寂靜在遮蔽
寂靜在未果

那些綠著的紛紛
說了起來
等三個月
黃澄澄的那時
當然你會喜歡
每次拂過的浪潮

出神舊夢

是否有時候
記憶交錯放置
而人們渾然未覺

像那夏日午後
搜尋蔭影的幾秒鐘
十五年前冬天的記憶
循著葉脈
視線相接
四周模糊的我
淺淺的視線盛裝著精巧紋路

（就像陳舊的夢裡面，
　總行駛著蜿蜒的小山路，
　後來在老郵件裡見到，
　說是波利維亞山中的險峻公路，
　令人聯想到馬奎斯）

微寒與炎熱
有冰涼味道的水面
隱隱發熱的柏油路
剛遠去不久鮮豔的童年
嘈雜異鄉的恬靜巷弄
同樣讓我想要去觸碰的平面

同樣的葉子裡
脈絡與顏色都安穩
閃動的是被擺盪的記憶
它們用最快的速度錯綜來回
可以像是植物悄悄生長
葉沉穩翻紅
再安靜墜落
時間被澆灌融合
新的鮮豔碰觸
舊的鮮豔

墜落的同時流竄著
許久以前
葉子裡故鄉的溫度
父親母親的話語
那時怎樣想要出伸的
所有感情的渴望
在幾秒鐘的炎夏午後裡

飾物

所以熾熱的在此聚集
所以季節不覺降落
所以苗與枯葉總是一起
溫度在聽話的那秒
已經不可能準確

我們都一樣
皮膚下流動著血
胸腔裡心臟跳動
所以
需要飾物
遠遠就可瞧見
需要一點裝扮
久久難忘的記號

把所有的呼喚與記憶
聚集在明顯的地方
像草原中央的樹
啜飲最近處龐然悸動
久遠以來的豐美與苦難
陽光裡的綠色與風
像地平線上一個鮮明的痕

痕跡 27

27.01

是如此的景色與遭遇
讓我們有了絕對可以驕傲的理由
　　卻再也不想驕傲

27.02

枝枒抽長的吼
震碎攔路的怯懦

　　這是道強悍的光

27.03

山巒起伏蓮花開闔
總有多姿的傳染可以冰涼焦躁

　　城市裡皎潔的聚散
　　纏繞了所有的愛情

27.04

在最後幽暗的夜空中
　　劃過了

　　緩緩的一座天橋
　　發著淺淺螢光
　　連接了兩個遙望

—遠方的綠光—

雨夜的翅膀

雨夜的翅膀劃過夜雨的水光在底片上一次又一次顯影
微笑可以脈動時候總有細碎飛羽憨厚城市韻律跳起一
支鏡花慢舞不再任意屈服堅強暗示告訴我們今晚意念
該掛在哪個尚暖屋簷拍動著最可能的想像融化那被說
服的強悍回頭機會不再可逆仍被接受的撩亂裡閃動的
褶褶善意搭上錯落神經的末班車駛動忍耐未成型嫩葉
動了氣錯過完美的愛與時間將閒置的座位完成幽藍氣
味拴住烽火連城的夜空雨滴裡振翅聲音想被緊握著不
想被輕易凌過於是決定飛離這片迷離燈光留下未竟熱
情按下鍵回到起點那歸零之城擠滿歸零之人幸福陌生

痕跡 33

33.01

種子太早抽芽
抽過了黑夜的凌晨
伸進飛機的槳片

輕巧的
信仰的
柔軟所以碎裂

33.02

陽光太美
於是翹掉一個上午的忙碌
把時光曝曬得輕薄

這樣
走起路來快些

33.03

嘿是呼喊
呵是含笑
呼是好險
哈是孩提

33.04

為何我們毅然往前時
仍勇於流淚？

溫柔

如果
這是你的溫柔
像河流這麼溫柔
那我就是朝暮的潮汐
日裡　夜裡
來探視

如果
這是你的溫柔
像平原這麼溫柔
那我想當
那傾斜的昏黃
可以記得的
一種溫暖

如果
這是你的溫柔
像山脈這麼溫柔
那我就是雲霧
有時　可以找到遮蔽
有時
喜悅而落雨

如果
這是你的溫柔
像時光這麼溫柔
那麼我願是快門
在眼前的這一刻
記下　你笑裡
每一條皺紋

綠光

迷途
你說
不知還能有多少回
可以求得
一枚比夏天鮮艷的笑
一個越過時空的同感
一段流離的青春
一點無視死亡的愛
一次彷若初生的頓悟
或是
一棵美麗的樹

而我們得以
去伸手
我們得以
獻出所有的可能
我們得以

就在我們願意期待
就在我們相信
就在光終於來到
的時候

—此詩題名，同詩集名內之「綠光」，乃取自已故法國新浪潮電影大師
侯麥(Éric Rohmer, 1920-2010)之作品《綠光》(Le Rayon Vert, 1986)一作。

痕跡 35

35.01

七月二十日
我收留了一隻獨角仙收留了我
我們
一起吃一盤木瓜
一起被盆地三十八度六
一起被螞蟻惹毛
我們享用同一個小宇宙
時間的尺
在這裡暫時變緩、縮小

35.02

為何不養寵物
他們一再問起

說是總在旅行
或是害怕失去

其他的答案
「說出來嚇死你。」

35.03

牠的優雅就是
完美的
角與殼
形狀與時光

35.04

有限的包覆
事情得以美麗或意義
跳到月台上
按下快門瞬間
在雙黃線上
按下快門瞬間

35.05

我的家族
流一樣的血

一起哭
在有限的真實裡面
非常真實
非常可貴

植物之六 — 刺

無法
先
對　望

總是
太開心
就恣意接近

而你佔據我的視線
豐腴如你
美麗如你

我粗糙的軀體
都是對你的狂熱
若渴的
斑斑血痕

後記／

寫作之於我，是一個空間，也是一個途徑。在一點一滴經驗與思索許多生活、生命的歷程之後，逐漸會想要留下或建立些什麼。從 1997 年在尹玲老師的課堂上接觸詩開始，到現在詩的寫作成為一種習慣。我已習慣去處在這個空間與途徑。書寫的過程，創造一個特別的空間，那空間很自由、很深、很大，也可以很隱密、很隔離，像是一個私房的小餐館，讓我飽足；在書寫時，我變成另一個樣子。同時，寫作也是另一種我對待外界的途徑，我想以作品來關心我覺得應當關心的對象，也是我回應、回饋這世界的方式。

　　事情緩緩在十多年的時光裡展開，際遇與熱情讓我探索許多事物。我記下我的日常、閱讀與書寫，我描繪週遭或不在週遭的人與事物的變化，我質問生命裡種種掠過的感覺、想法與情景，我寫我所熱愛的景色、土地、藝術與旅行，我想探問真實、自由，以及幸福的本質。寫作是孤獨的，不過隨著時間，當一篇篇作品的方向逐漸有了脈絡，便慢慢的可以感到某種力量、熱度正醞釀著。我也默默期待有人得以藉由這些累積，去看到、獲取些什麼。

　　本書能夠成集，是因為得到許多人的幫助。感謝小小書房的虹風，亦師亦友的她一路支持我創作，並幫我完成此書；感謝小寫的任道，與翊琦費心的設計。我想說我很幸運，能與如此有才華的你們一起工作並完成出版，也讓我感到整個過程熱情又優美。同時，得感謝詩人何亭慧，在詩集的內容與方向上給予諸多指點，才讓我避開了一些盲點與障礙，讓作品更為完整。最後，最後一份感激，我想獻給我的家人與摯友們，給我很豐富、很自由的想法與環境，有你們的支持，使我得以一路觀察、體會、思考與創作。謝謝你們。

阿遠　2011 .秋

小寫詩 01

遠方的 綠光。

作者
游政穎
farawaygreen@gmail.com

美術設計
何翊琦
carolh516@gmail.com

文字校對
游任道 游政穎

總編輯
劉虹風

責任編輯
游任道

出版
小小創意有限公司 › 小寫出版

負責人
劉虹風

A / 234 41 新北市永和市復興街 36 號
T / +886 2 2923 1925　F / +886 2 2923 1926
E / smallbooks.edit@gmail.com
http://blog.roodo.com/smallidea

發行
正港資訊文化事業有限公司
A / 10647 台北市大安區羅斯福路三段 333 巷 9 號 B1
T / +886 2 2366 1376　　F / +886 2 2363 9735

初版
2012,1

ISBN
　978-986-87110-1-3（平裝）

售價
新台幣 300 元整

寫
出
版

遠方的綠光 / 游政穎　創作.– 初版

新北市：小小書房，小寫出版：　，
2012.1
188　面；13.5 X 21　公分
ISBN 978-986-87110-1-3(平裝)
851.486　　　　　　　100018391

國 家 圖 書 館 出 版 品 預 行 編 目 資 料